会传染的生日

[德] 霍尔特瑟·乌里希　文

[德] 丹妮拉·库罗特　图

晓　叶　译

这本书属于：

_____

图书在版编目（CIP）数据

会传染的生日／(德) 乌里希 (Ullrich,H.) 著；(德) 库罗特 (Kulot,D.) 绘；
晓叶译.—北京：中国电力出版社，2008
（梦幻快乐阅读）
ISBN 978-7-5083-7497-0

Ⅰ. 会… Ⅱ.①乌…②库…③晓… Ⅲ.图画故事－德国－
现代 Ⅳ.I516.85

中国版本图书馆CIP数据核字 (2008) 第106905号

本书中文简体字翻译版由中国电力出版社出版，版权代理为北京华德星际文化传媒有限公司。
未经出版者预先书面许可，不得以任何方式复制或抄袭本书的任何部分。

著作权合同登记号　　北京版权局图字：01-2007-5050

Ullrich, HERR SCHNÄUFEL WILL GEBURTSTAG HABEN © 2004 by
Thienemann Verlag (Thienemann Verlag GmbH), Stuttgart / Wien.

文　　字：[德] 霍尔特瑟·乌里希
绘　　画：[德] 丹妮拉·库罗特
翻　　译：晓　叶
责任编辑：力　荣
责任印制：陈焊彬

中国电力出版社出版、发行
电话：010-58383291　传真：010-58383291
（北京三里河路6号100044 http://www.ceppshaoer.com）
印刷：北京盛通印刷股份有限公司印刷
各地新华书店销售

2008年9月第一版　　2008年9月 第一次印刷
720毫米 ×1000毫米 20开本 3印张 63千字
印数0001—5000册　 定价9.90元

敬告读者
本书封面贴有防伪标签，加热后中心图案消失
本书如有印装质量问题，我社发行部负责退换
版 权 专 有　翻 印 必 究

生日会传染吗？

舒奈在喝下午茶的时候对小乌鸦说："我感到很无聊。"

小乌鸦是舒奈最好的朋友，或者说是唯一的朋友。然而，他是因为舒奈家的树才住在这里的。这棵树不是一般的树，他是一棵很稀有的会行走的树。有时他站在草地上，有时他在森林里，有时在那边走来走去，有时又在这边跑来跑去。由于舒奈和他的树搬来搬去，没有时间交朋友，所以舒奈没有朋友。直到有一天舒奈在会行走的树上看到一只小乌鸦，他才算有了一个朋友。

"你今年过生日了吗？"小乌鸦问道。

"生日？"舒奈惊讶地摇了摇头，"没有。"他沉思了一下，"噢，我得过

过麻疹、水痘和很严重的
咳嗽，但是没有得过生日。"

"啊？"

"你难道得过生日，它传染吗？"
舒奈惊讶地问小乌鸦。

小乌鸦笑了笑："我相信，你一点儿也不知
道什么是生日。"

"确实不知道。"舒奈叫道。

小乌鸦什么也不说了。

过了一会儿舒奈想："如果你不想说，你可以保持沉默，我也不会生
气的。"

小乌鸦开始说道："每人每年都要过一次生日，这一天对过生日的人来
说是一个非常美妙的节日。"

"是吗，都怎样过呢？"舒奈问。

"人们会烤一个蛋糕，把房子装饰一下，做好可可饮料和茶，并邀请客
人来参加，然后人们一起做游戏，愉快地唱歌，并且客人们还会带来礼物。"

舒奈气恼地跳了起来，举起胳膊叫喊道："这太残忍了，我从来就没有
过过生日！"

小乌鸦点了点头："我在想，现在是时候让我们开始过生日了。"

舒奈惊讶地看着小乌鸦:"可是,我根本就不知道我的生日是什么时候呢!"

小乌鸦歪着脑袋说:"我想,你就明天过生日吧!"

"真的吗?"舒奈欢呼起来,"太了不起了,现在我们有许多事可以做了。"

小乌鸦要去干很多的事儿,他要烤蛋糕,装饰会行走的树,还要邀请许多客人。

舒奈兴奋得总想做点儿什么,他一会儿跑到这里,一会儿又跑到那里,一会儿又转着圈儿跑。大部分的时间他都在小乌鸦前面晃。

"为什么你不坐下来考虑一下,你期望在生日这天许下什么愿望呢?"小乌鸦建议道。

舒奈试着想了想,可什么都没想出来。他总是上蹿下跳,跑来跑去,转着圈儿。

过了一会儿舒奈想:"我认为,我最好考虑一下,如果我能飞的话。"

舒奈确实可以飞,因为他有条飞行围巾。

这确实是一条可以飞行的围巾,谁围上它都能够飞起来。

小乌鸦点了点头:"这是个好主意。"

舒奈四处飞来飞去,还绕着会行走的树飞了好几圈儿。

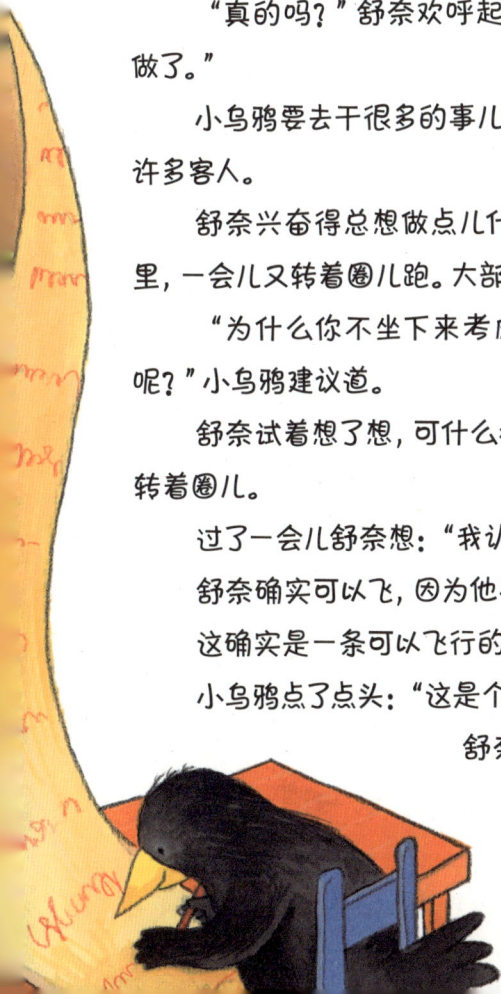

　　小乌鸦把邀请的客人列了一个名单。为了给舒奈过第一个生日,他想请很多的客人。

　　小乌鸦写啊写啊,这个名单长得都快赶上舒奈的飞行围巾了。

　　小乌鸦叹息着,他去所有的地方都要花费很长的时间,可是生日明天就到了。

　　他看了看上面,舒奈正在上面不停地飞来飞去。

　　"嗨,请下来一下。"小乌鸦向上面喊道。

　　舒奈向他飞过来。

　　"我想邀请你的朋友,可是走路去的话到明天都完不成这些事情,你

能把你的飞行围巾借给我吗？"

　　小乌鸦不会飞，但是，却可以读懂邀请客人的名单。

　　舒奈对于自己的这条飞行围巾很是自豪，但是，现在他把围巾摘了下来，交给他的朋友。

　　当他把围巾交给小乌鸦时说道："小心点儿，别被树枝挂住了。"

　　这个围巾对于小乌鸦来说太长了，舒奈花了好长的时间才把围巾缠在小乌鸦身上。

　　"一会儿见！"小乌鸦带着名单呱呱地叫着飞走了。他围着飞行围巾在风中飞翔。

猪太太编织一片云彩

他先飞到猪太太那里，猪太太正坐在长凳上编织着云彩。

小乌鸦落在她身边，友好地向她打招呼，并且目不转睛地看着云彩。

"你在织一片云彩？"他感到惊讶。

"是的，"猪太太热情地点了点头，"我喜欢云彩，云彩对于人们来说太少了，你想要一片云彩吗？我可以给你织一片美丽的灰色云彩。"

"嗯，可是这片云可能会是一片乌云，乌云就会不停地下雨，那我就变成一只落汤鸦了。"

"噢，那我可从来没有考虑过。"猪太太陷入了思考。

"我是从另一个地方来到这里的，"小乌鸦说道，"舒奈明天过生日，我想请你参加他的生日聚会。"

猪太太很激动。"那太棒了，我很高兴去参加。"她说，"我可以织一个蛋糕，一个生日蛋糕。"

　　小乌鸦张开嘴盯着她说："噢！这确实是一个好主意，可是我准备烤一个蛋糕，你不用费力地去织一个蛋糕了。"

　　猪太太想了想，然后点了点头："如果我把点燃的蜡烛插在编织的蛋糕上，同时点燃整个蛋糕这样会更好。"

　　小乌鸦赞同地点了点头。

　　"明天见！"他说完就飞走了。

　　小乌鸦飞到一个圆顶建筑旁边，那里住着一个雪人。他看到雪人正舒服地躺在太阳伞下面，边喝着冰可可饮料边吃着冰蛋糕。

小乌鸦降落在雪人身边，他觉得很冷。

"请坐！"雪人感到非常高兴，"我这儿平时很少来客人。"

小乌鸦很客气地坐在一把雪椅上，"舒奈明天过生日。你如果去的话，那将会非常美妙。"他用沙哑的声音吃力地说。

"我来给你倒一杯冰可可，再吃一块儿冰蛋糕，我们可以稍微闲聊一会儿吗？"雪人友好地问道。

小乌鸦感到一阵冰冷的气息扑面而来，他的嘴都快冻上了，只能吃力地张开一点儿嘴巴说："不，谢谢，这里太冷了。"

他起身很快地飞走了。

为了使自己再暖和起来，小乌鸦使劲儿地扇动着翅膀。

小乌鸦又飞了一会儿，向下看，他发现一个机器人。机器人站在一个小池塘边上，池塘里住着一条鱼。这条鱼正把头露出水面和机器人交谈着。

"明天来参加舒奈的生日吧！"小乌鸦向下冲他们喊到。

"咕咕!"鱼冲着上面说。

"好啊!"机器人发出嘎嘎的声音,"我会把邀请输入程序,准时经过那里的。"

"不!"小乌鸦请求道,"请不要经过那里,而是来参加这次生日聚会。"

机器人闪了一下亮光说:"明白了,我已经调整了程序,不是路过,而是参加。"

小乌鸦继续飞,他看了一下名单,名单里的下一个是鳄鱼先生。

可惜鳄鱼先生没在家,但是他遇到一只小老鼠。

"鳄鱼先生去散步了,他总是这个时间去散步。"小老鼠解释道。

"好,那我飞去找他。对了,顺便告诉你,明天舒奈过生日,如果你明天来参加的话,我们会非常高兴的。"

"好!"小老鼠吱吱地说。

小乌鸦继续飞。他围的这条飞行围巾多棒啊!更好的是鳄鱼

先生就在下面，他立刻就发现了鳄鱼先生。

小乌鸦向鳄鱼先生飞去，降落在他的身边。

"您好，鳄鱼先生。"他说，"我的朋友舒奈明天过生日，如果您去的话他会非常高兴的。"

"太好了，太好了！"鳄鱼先生回答道，"我感到很荣幸，用什么方式庆祝生日呢？"

"啊，您有什么建议吗？"小乌鸦问。

"比如说，今天就是舒奈的生日，舒奈第一次在樱桃蛋糕里发现一棵樱桃核？或者拥抱着一棵树？或者丢失一颗牙？或者打嗝儿？他不想外出吗？嗯，不想外出吗？"

"啊！不！这只是一个非常简单的生日。我们一起为他庆贺。有蛋糕和蜡烛，歌曲和好心情，还有许多的客人。"

"噢，多好啊！多好啊！这真是一次最好的生日！我得出发了，一定要准时赶到。"

"但是，生日是明天。"小乌鸦说。

鳄鱼先生点了点头："我一定会准时出席，准时出席。"

"那您将会是最早到的。"小乌鸦提醒他。

"好的，好的！"鳄鱼先生想了想，"无论如何我都会准时的。"

鳄鱼先生点了点头就匆匆离开了。

"明天见！"小乌鸦喊道。

"明天见，明天见！"鳄鱼先生探着头喊。

正当小乌鸦要再次起飞的时候，他看到一只鹂鸪走过来，小乌鸦向鹂鸪跑过去。他看了看名单，他也想请鹂鸪。

光是邀请别人已经把小乌鸦搞得精疲力尽了，可是现在还有一个艰难的任务等着他，因为面前这只鹂鸪是一只非常讲究韵律喜欢作诗的鸟。如果人们想跟他讲话，就必须用押韵的话跟他说，否则他就不明白。

小乌鸦开始说："你好！鹂鸪，忙吗？"

鹂鸪点了点头："你好乌鸦，很遗憾，我很忙也没时间。"

于是，鹂鸪继续大摇大摆地向前走。

"嘿，等一下！"小乌鸦喊道。

鹂鸪没听到，还是边走边跳。小乌鸦忘记押韵了。

"亲爱的鹂鸪，请等一下！"小乌鸦着急地寻找着韵律，"给你一张明信片。"

鹂鸪停下来，不以为然地打量着小乌鸦。

很明显他并不喜欢这个韵律。

小乌鸦立刻说：

"舒奈明天过生日，我来给你送通知。

请你参加别迟到！生日蛋糕一起吃。"

小乌鸦停了下来，又专心地想着，现在要用什

么韵律。

鸥鸪笑了起来，点了点头对小乌鸦说：

"我很聪明没的说，老鼠已经告诉我，

现在出发买礼物，明天齐唱生日歌。"

然后，韵律鸥鸪转身蹦跳地走了。

小乌鸦又看了一下名单。所有的名字都做了标记，而且他们都答应来参加。

在天上飞可把他累坏了。

会行走树的过错

当小乌鸦回来的时候，舒奈正在打扫会行走的树。打扫却毫无意义，因为他总是一会儿这里，一会儿那里，一会儿转着圈儿地打扫。

小乌鸦开始做生日蛋糕了。

"你有没有想过生日愿望呢？"小乌鸦一边儿搅拌做蛋糕的面团一边儿问舒奈。

"想过。"

"那是什么呢？"

"我不说！"

小乌鸦很惊讶："为什么呢？"

"现在说了就没有惊喜了。"

"噢！"小乌鸦感觉更惊奇了，他继续做着蛋糕。

当他做完蛋糕，就开始装饰会行走的树。

"你说我是挂发光的梨还是发光的香蕉好呢？"小乌鸦问舒奈。

"香蕉！"

到了晚上，小乌鸦已经精疲力尽，舒奈却还很兴奋。

"真是费劲儿，"舒奈对小乌鸦说，"过个生日有这么多工作要做。"

小乌鸦疲惫地点了点头。

"如果有些不顺利怎么办？"舒奈问。

"不会有问题的，"小乌鸦安慰他，"我准备好了一切。"

"你烤蛋糕了吗？"

"是的。"

"所有的客人都会来吗？"

"会的。"

"什么时候？"

"明天一早，当你起床的时候所有人就都会过来了。"小乌鸦说。

"一定不会有问题吗？"舒奈问。

"是的，一定不会的。"小乌鸦安慰他说。

当舒奈第二天起床后，他又兴奋起来。

"今天我过生日，今天是我的生日。"他欢呼着。

"祝你生日快乐！"小乌鸦祝贺道。

"谢谢，谢谢，我的客人一定在外面呢！"舒奈跑到会行走的树的前面，四处张望。

客人并没有来。

"嘿，小乌鸦！"他喊道，"客人在哪儿？这里一个人也没有。"

"我的天啊!"小乌鸦惊恐地喊起来,"我们在另外一个地方了。"

躺在会行走的树上,事实上他们昨天晚上就已经移动到了另一个地方了。

"客人们在哪里?我现在就要我的客人。"舒奈生气地要求。

"树一整夜都在移动,"小乌鸦绝望地宣布,"现在我们找不到客人,客人也不知道我们在哪儿。"

"我就知道,"舒奈责怪着,"我就知道,总是会有不顺利的事儿发生。"

"现在你先别这么生气,也许会好起来的。"小乌鸦试着安慰他。

"怎么会变好呢,根本就不会的。"舒奈非常生气。他愤怒地跳起来,责怪着。

小乌鸦想让舒奈平静下来,"我们可以自己庆祝呀!"他建议。

"怎么庆祝,没有客人呀?"

“客人并不重要，我们还有蛋糕啊！”

“可是我收不到礼物了。”

“事实上礼物也不重要。”

“你别说了！”舒奈喊道，“我现在心情糟透了。”

小乌鸦失望地坐下来。

“这全是树的责任。”舒奈责怪着。

“可是，为什么树不能这么做呢？”小乌鸦回答道。

“他当然可以，”舒奈变得愤怒，“他可以随便走。”

“可是他不过是一棵会行走的树，会行走的树们都喜欢跑来跑去的。他们总是在太阳落山的时候出来。”

“那就是太阳的责任了。”舒奈小声抱怨着，“为什么她一定要落山呢？”

小乌鸦叹气道：“太阳必须每天晚上落山的，否则第二天她就升不起来了。”他向舒奈解释着。

“这天晚上她应该可以例外的嘛，”舒奈生气地抱怨，“这都是太阳的错。”

小乌鸦思考后说：“可是她必须落山。否则她今天就不能在你生日这天

升起来了。"他试着再次让舒奈平静下来。

可是，舒奈并不想平静下来，"那！那！那就全是你的责任。"他咆哮道。

小乌鸦很吃惊："为什么是我的责任？"

"以前，我对过生日没有任何想法的时候，我没什么不高兴，但是，现在我很失望。"舒奈发着牢骚。

"噢！"小乌鸦呱呱叫着，"也许你是对的，我很抱歉。"

小乌鸦坐在一个角落里，舒奈坐在另一个角落。小乌鸦非常伤心。舒奈感觉生气，他们谁也没有说话。

过了一会儿舒奈抱怨道："这就是一次美丽的生日？"

"也许你的生日是在另一天，而不是今天过生日。"小乌鸦试着安慰舒奈。

"要是我有生日的话，那一定是今天。"舒奈喊起来。

小乌鸦叹了口气不再说什么了。他垂下头，找出自己的手帕想用力地擤擤鼻子。

舒奈在他身边偷偷地想："我不知道，你有什么。"嘴里嘟囔着，"我的生日，什么也没发生。"

"是，你说的没错。我感到很悲伤。"小乌鸦

抽泣着。

　　"我们两个的心情都够差的，我只能接受了，因为今天我过生日。"舒奈说。

　　小乌鸦停止擤鼻子。

　　突然间舒奈对于自己刚才向小乌鸦发脾气感到很抱歉。他想跟小乌鸦和好，可是小乌鸦却不想这样。

　　"那么我们现在做什么呢？"他问小乌鸦，可惜他看起来并不友好。

　　小乌鸦抖了抖翅膀。

　　"毕竟今天我过生日嘛！"舒奈小声抱怨，"你想庆祝吗？来，开始吧！"

　　小乌鸦非常迟疑地问："就我们两个？"

　　舒奈点了点头："是啊，也没有别人了。"

　　小乌鸦兴奋地跳了起来："好，我们来庆祝，真是太棒了！"

　　"好，我们做些什么呢？"舒奈问。"我们可以做些我们从来没做过的事，这一定会是一个特别的日子。"小乌鸦建议道。

　　"好主意，我们平时都不做什么呢？"舒奈问。

　　"打扫卫生？刷牙？站在头顶上？憋气？吃蠕虫跟甲虫？"

"我不喜欢蠕虫跟甲虫。"舒奈说。

"跳蹦床？"

"我们没有蹦床！"

"我们可以倒着跑，把所有衣服反着穿和交换姓名。"小乌鸦建议。

"嗯……"舒奈考虑了一下。

小乌鸦继续说道："我们可以把所有的事情都故意做错。"

舒奈觉得这样做太棒了："好，我们就这样做。我们怎样开始呢？"

"我们把故事反过来讲。"

"怎么做？"

"我们先叙述结尾，最后我们再讲故事的开头。我们轮流讲。你说一句，我说一句。"

"这将会是一个美丽的、混乱的故事。"

"是啊，可是却非常有意思。"小乌鸦点了点头。

然后他们开始了。这确实是非常的混乱，他们常常讲到大笑，几乎不能继续讲下去。

一本打呼噜的书

"讲得都饿了，现在我们应该吃蛋糕了。"舒奈说。

"啊，对啊！"小乌鸦叫起来，"生日蛋糕。"

"你知道吗？"舒奈高兴地喊，"现在我们还得继续把事情做错，把可可倒在盘子上用叉子吃，把生日蛋糕放在杯子里面喝。"

可是，这些事情完成得并不顺利。

小乌鸦建议："我们还是像猫咪那样舔着吃盘子里的可可，像老虎一样吃杯子里的蛋糕吧。"

他们这样去做了，心情好了些。虽然还不是太好，不过比刚才好多了。

他们吃光了整个蛋糕。吃得干干净净，甚至一点儿蛋糕屑都没剩。

舒奈感到非常高兴，"过生日是一个多么美妙的事情啊！"他兴奋地说，"从今以后，我要每天都过生日！"

小乌鸦摇摇头说："那可不行，一个人每年只过一次生日。"

舒奈看起来又有些生气了。

小乌鸦赶忙说："那好吧，也许可以一年过两次。但无论如何不能每天过生日。"

舒奈表示同意。

"过生日你想许什么愿？"小乌鸦问道。

"这会是一个很棒的生日，愿望就是生日能顺利度过。"

小乌鸦非常高兴："另外，这是我送你的礼物。"他边说边递给舒奈一个小盒子。

舒奈好奇地把它打开，"这是一本书！"他喊道，"我可看不懂啊！"

小乌鸦笑了笑："不用担心，它是一本带图画的书。我在上面画了图画，它讲了一个故事。"

舒奈紧紧地抱着书。"我的第一本书！下一个到来的是什么呢？"他想知道。

小乌鸦思考着："我们已经度过了一个美妙的一天，吃了蛋糕，你收到了礼物，我们做了一个人在生日里应该做的所有事儿。"

天色晚了。

"我的第一个生日过得很好，你不觉得吗？"舒奈想让小乌鸦知道。

"是啊，这个生日你过得真是太完美了。"小乌鸦赞扬着。

舒奈满意地点点头。深深地打呵欠："庆祝生日还真是挺辛苦的呢！"

"要我再给你朗读一个晚安的故事吗？"小乌鸦问。

"好啊！"舒奈高兴起来。

小乌鸦跳上他的书。

"不，停下来！等等。"舒奈喊起来

小乌鸦惊讶地向他转过身："为什么不呢？"

"因为今天是我的生日，我给你讲一个故事吧！"舒奈宣布，"现在我也有一本书。"他骄傲地坐到这边。

小乌鸦舒服地躺在沙发上。他高兴极了。以前都是他来讲故事的。现在，终于有人为他朗读故事了。准确地说是叙述，因为舒奈根本就不会读。

舒奈拿着小乌鸦送给他的带图画的书。同样他也让自己在沙发上坐得更舒服。请了清嗓子，敲了敲书上小乌鸦画的图画。

"那么，"舒奈开始讲。他试着回忆，这样他看起来有一个很好的开头，"这个故事讲的是……"

舒奈停下来仔细听：他听到一个又大又清楚的打呼噜声。他仔细观看着第一幅画。

"它在打呼噜。这本书也在听呢！"他惊讶地喊起来。

舒奈很兴奋。他转向小乌鸦，把精力集中到他身上，可是小乌鸦却睡着了，也在打呼噜。舒奈冷静下来，原来是小乌鸦在打呼噜，不是书。

他看着小乌鸦摇了摇头想："原来是这样啊。他也从来没有过过一次生日呢，为了庆祝生日他都累得睡着了。"

舒奈把书放在边上。然后他小心地把小乌鸦抱起来放在床上。并轻轻地帮他盖上被子。

"过个生日可真够辛苦的，但是很美好……"舒奈自言自语，他把书夹在胳膊下面很快地进入了梦乡。

美好的愿望来得并不晚

第二天，小乌鸦兴奋地来到舒奈面前把他叫醒。

"起床了，舒奈！"

舒奈打了个哈欠，揉了揉眼睛："我好累啊！过生日真是太辛苦了。"

"你的客人来了！"小乌鸦兴奋地喊起来。他想了想，"应该说是我们回来了。"

"什么？"舒奈从床上跳了起来向窗户外面看去。

实际上，昨天晚上会行走的树又走动起来了，就像他刚刚做的。而在昨晚他又走回到原来的地方。

所有的客人都站在大树前面向舒奈挥手致意，祝贺他的生日。虽然晚了些，可是美好的祝福来得永远不算晚。

"我们昨天就在这儿了，可是你们却离开了。"小老鼠吱吱地说。

"行走的大树走开了。"小乌鸦解释道。

鳄鱼先生点了点头："嗯，我们也这么想。因此，我们在等你们。是的，我们在等你们。"

舒奈感到又幸福又过意不去："你们专门在这里等待？"

"当然了！"猪太太说，"你最终还是过了生日。"

"我知道，我们来做点儿什么吧！"小乌鸦叫着，"我们今天再一次为舒奈庆祝生日吧！"

"做些什么呢？"舒奈想要知道，"我们连蛋糕都没有了。"

"可是，我们现在礼物也没有了。"雪人悲伤地说，"我本来想送你一个小雪山，可是它都化了。"

"是的，因为我抱着装金鱼的鱼缸时绊了一跤，把里面的水洒了出来。所以就只能把冰山融化成水给小金鱼用了。"机器人嘎嘎地说。

"而且，我把打算送给你的贝壳给丢了。"金鱼伤心地说道。

"因为给金鱼用的冰化成的

水太冷了，我把为你织的吊床拆开，为金鱼织了一个小帐篷。"猪太太解释道，"因此，他就不会冷了！"

金鱼从帐篷里伸出脑袋点了点头："真是又舒服又暖和。"

"还有，我打算送给你的机器油，我自己用了。因为沾了水我有点生锈了。"机器人补充着。

鸥鸪说：

"我想送你小羽毛，

可以写字和素描。

还要送给机器人，

为他关节刷刷油。

保持灵活又健康，

大家都说身体棒。"

"当时我们都特别饿，我本来想送你一块儿我喜欢的巧克力。可是，基本上都被大家吃光了。"小老鼠吱吱地说。

鳄鱼先生抓了抓自己的下巴说，"我想送你一根拐杖，亲爱的舒奈，可是我们在这里等待的时候太冷了，为了能暖和一点儿，我就用它生起了火。"他点了点头，"是啊！为

了能暖和一点儿。"

舒奈看起来很失望，"你们把我的生日礼物都用完了？"他责备地问。

"是的，太可惜。"小老鼠叹息道。

大家看起来都很不好意思。

"没关系！"小乌鸦叫道，"最美丽的礼物都在这儿呢，就是他们。"

"我们现在做什么呢？"舒奈问。

"现在我们再庆祝一次生日吧！"小乌鸦说。

舒奈向小乌鸦弯下腰小声嘟囔说："礼物也是生日的一部分。"

小乌鸦没有听到。

"首先我们一起来烤一个新的、大的生日蛋糕吧！"小乌鸦建议。

"真是好主意。"所有的人都说。

鳄鱼先生赠送了一个故事

小乌鸦揉着面团，所有客人为了装饰蛋糕在寻找、收集、制做一些疯狂的东西。

舒奈又变得非常兴奋。他一会儿在这边跑来跑去，一会儿又在那边跑来跑去，一会儿又转着圈儿跑。大部分时间他都围着客人们跑。不过这没关系，所有的人都在紧张地忙着。

一个巨大的、插着许多蜡烛的蛋糕做好了。舒奈要把它吹灭。他深吸一口气，然后，吹啊吹啊，直到把所有的蜡烛都吹灭了。

他的客人都为他鼓起掌来。

舒奈自豪地喊："我做得太棒了，我是世界上最会吹蜡烛的人。"

然后他们把蛋糕切开，每个客人都分到很大一块儿。

小老鼠不知道他应该从哪里开始吃。他先围着蛋糕转了几圈儿。然后轻

轻地在一边咬开一个洞最后消失在蛋糕里面。过了一会儿，他把头从另一边儿钻了出来。

"嗯……"他很满足。又马上消失在蛋糕里了。

其他的客人也品尝了蛋糕。但是他们却没有把自己的蛋糕吃出一个洞来。

蛋糕被吃得一点儿都不剩了。

小老鼠不光吃完了自己那块儿蛋糕，还把胡须上最后一点儿蛋糕屑也吃干净了。

所有人的肚子里都装满了蛋糕，他们围坐在舒奈的桌子边上。

鳄鱼先生清了清嗓子说："因为我没有给你准备礼物，所以我想送你一个故事。是的，送一个故事。"

鳄鱼先生会讲许多的故事，那是因为他在尼罗河生活了很长一段时间。

"你应该挑选一下，讲一个什么样的故事。"小乌鸦建议道。

舒奈想了一下说："讲一个生日的故事，因为今天是我的生日。"

"嗯！想一下，想一下。"鳄鱼先生大声地说，他伸着长长的鳄鱼鼻子沉

思了一会儿，"我想起一个美丽的故事。一次我们怎么为我的养子庆祝生日的故事。是的，庆祝生日。你们知道，我的养子也住在尼罗河里。"

所有的人都围坐在鳄鱼先生周围，听他讲故事。

"那个生日是在我养子长齐了牙齿的时候。这对鳄鱼来说是件非常重要的事儿，你们知道。是的，一个很重要的事儿。当然，人们要送给他一些很特别的礼物。人们会去问要过生日的鳄鱼，然后，尽量帮他们实现自己的愿望。是的，实现他们的愿望。可是小鳄鱼有一个很特别的愿望。他想要收到

一个冒险。这可不太容易，不太容易。世界上根本就没有冒险百货商店，不能像散步那样轻松地说：'你好，我想为我的养子准备一个冒险，请你包装得漂亮一些，因为这个礼物是为他长全了牙齿送的。'不，这样不可以，不可以。克拉德的父母考虑了很久，读了许多旧书发现每个冒险总是有一条龙伴随。龙是勇敢的、危险的、敢于冒险的。是的，敢于冒险的。所以克拉德的父母想给他请一只小龙来。这可不容易，不容易，因为小龙已经绝种很久了。但是克拉德的父母立刻去寻找。他们很幸运、很幸运。他们找到一只小龙，他同意来参加克拉德的庆祝活动。这只小龙胆子很小，也很谨慎。顺便说一下他很友好。是的，很友好。克拉德对友好的小龙的到来并不是很高兴。他抱怨说：'我想：龙都是危险的，敢于冒险的、勇敢的……'他深思着，'绝种了。'友好的小龙补充着克拉德的句子。'已经这样了。你想的跟我一样？'克拉德皱起眉头。'因为，你谨慎？'小龙点了点头。克拉德表现得跟友好的小龙在一起很满意的样子，他们两人还一起下了几局国际象棋。克拉德的外公外婆也来了。克拉德很好奇他们会给他带来什么

冒险。但是，克拉德的外公外婆却听错了。他们理解成，他希望得到冒险，就给他带来一个火炬。嗯，一个火炬。这真的很实用，它可以当小龙在黑暗的时候，帮忙照亮四周。"

"你送给他什么了，鳄鱼先生？"小老鼠吱吱地问。

"我送给他一个冒险手杖。"鳄鱼先生回答，"最好的冒险总是在门外等着。人们必需亲自动身去寻找。"

"这真是一个很棒的生日故事。非常感谢，鳄鱼先生。"舒奈说。

"不客气，我也很高兴为你讲这个故事。我也很高兴。"鳄鱼先生点点头。

"我也有个礼物要送给你。"小金鱼说道，"虽然我把贝壳丢了，可是我能为你做一些生日气泡。"

所有的人都好奇地把目光投向鱼缸。金鱼全神贯注。他在缸里游了一圈儿，又游了一圈儿，鱼缸确实小了点儿。

然后，他开始制作气泡。他用鳃吐出泡泡。金鱼用鳃呼吸，吐出了第一个气泡。

所有的人都疯狂地相互喊叫，试着猜这个气泡是什么东西。

"一支蜡烛。"

"不！一个蛋糕。"

"不！一颗心。"

"什么呀！这是一朵花儿。"

"这是一个生日贝壳。"金鱼纠正他们。

"好，现在我来说一说。"舒奈叫着。

金鱼继续吐出气泡，其他人也继续去猜，这个气泡是什么东西。他们相互大声叫喊。大家玩儿得都很高兴。

一会儿小金鱼累了必须要休息一下，所有人都鼓掌欢呼。

"非常感谢你，金鱼。这是我收到的最棒的生日气泡，我想，它就是一个生日贝壳。"

金鱼感到很高兴，接着慢慢转圈儿游了起来。

一只老鼠藏了起来

"我可以把自己很好地隐藏起来,"小老鼠说,"我会送你一个生日礼物。"

然后他就躲起来了。

"噢!"舒奈环顾了一下周围。然后困惑地看着小乌鸦。

"我想,我们应该找到他。"小乌鸦建议。

所有来参加生日的客人都开始寻找小老鼠。

他们打开锅盖,掀起地毯,他们看了枕头下面,找了灯罩里。

在可可罐子里也没有,书柜里也没有,就连刷牙杯子里也是空的。桶里同样也没有。

这次寻找很轻松愉快。他们从那边跑到这边,又从这边跑到那边。他们吵吵嚷嚷、高高兴兴。

总是有人想出新的主意。

"我知道了，他在花瓶里。"

"不，在窗台上。"

"胡说，在冰箱里，在奶酪那儿。"

他们找了所有的地方，可是还是没有发现小老鼠。小老鼠真的是藏得非常的好。

最终他们还是没能找出小老鼠到底躲到哪儿了。

"好吧，小老鼠。我们放弃了，出来吧！"舒奈喊。

一幅舒奈画的两条细腿的画儿摇晃起来。小老鼠轻松地坐在这幅画儿

的边框上。进入到画的里面儿。他坐得就好像属于画儿的一部分。所有的人一直在他面前跑来跑去，可是没有一个人看到他。大家都为老鼠鼓掌，祝贺他躲藏得这么好。

"非常感谢，小老鼠，这真是一次美妙的生日躲藏。我本来想检查一下那幅画儿的。"

小老鼠咧嘴笑道："当然了，我早就想到了。"

"我想起来了！我可以下雪。"雪人激动地喊了起来。

在别人说话之前，雪人摇晃着身体，上下跳了起来。

在屋子里面的物品上都落了一层薄薄的雪。连客人们的身上都是。

雪人兴奋地看了看周围，他变得瘦了一点儿。"现在你想说什么？"他自豪地问。

"噢！"舒奈说，"生日的雪。"他都不知道该说什么了。

事实上他想要雪，他很喜欢雪。他想要灌木和草地上都盖着雪。好想雪从天空中落下。好想雪盖在房顶和吊灯上。他想要雪也能够洒在他的会行走的树上。但是，也许根本就不会实现。

其他的客人有一点儿不耐烦了。他们也摇晃着，上下跳起来，就像雪人之前做的那样。但是他们这样做是为了把身上的雪抖下来，因为他们感觉有点儿冷。

"我们可以把雪带到外面去，在那里打雪仗。一场生日雪仗。"小乌鸦

提议。

　　其他的人都表示同意，最先赞成的是舒奈。他这时也觉得雪在他的行走的树里面不好。

　　他们把雪清除到外面，举行了一场激烈的雪仗。雪球在空中飞来飞去。只是不会转着圈儿飞。

　　不一会儿雪就没了，太阳都把它们晒化了。这样也好，因为，所有

雪球投手也都累得上气不接下气了。

"玩儿得真高兴，"舒奈愉快地说，"一次美妙的生日雪仗，非常感谢，雪人！"

"如果下次我再来拜访你，我就下一场暴风雪。"雪人心情愉快地说着。

在舒奈说话之前，机器人开始发言。

"我会打扫卫生，"他说，"我被制造出来，就是为了做为生日礼物送给你。"说着他已经开始把所有的东西都清扫出去，他把会行走的树里的东西都堆放在外面。

机器人唱着快乐的歌儿。他把装可可的杯子和舒奈枕头上的可可壶放进洗碗池里。盘子都摆放在书架上,叉子被整齐地插在花盆里面,舒奈的被子被挂在了窗子上面。小乌鸦的帽子,那件在冬天跟舒奈出去飞翔时戴的帽子被机器人翻过来放在灯上。已经很久没有东西放在上面了。机器人充满干劲地从一个地方清扫到另一个地方。

"要恢复到原来的样子,我们得做一个星期。"舒奈对小乌鸦悄悄地说。

"我也这么认为,不过机器人很喜欢做这些事儿。"小乌鸦悄悄地回答。

不一会儿机器人清扫完了,他满意地看着屋子里,转身冲着舒奈。

"生日快乐!"他嘎嘎地说着。

"太感谢了!"舒奈仔细地看着这一切,"一次生日大扫除。我还从没有收到过这样的礼物呢!"

机器人转了转头上的天线,他看起来高兴极了。

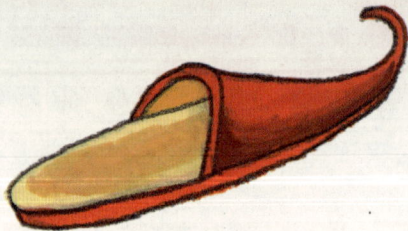

丢失了一个客人

"金鱼在哪儿?"小乌鸦突然问。

所有人都开始寻找,可是他们却没有发现他的鱼缸。

"哎呀!"机器人抓着天线沉思道,"我不会是把他也清扫出去了吧。"
他边说边找,"我编了一个清扫程序,这个重新编的程序却不是很好用。"

鹧鸪向舒奈说:

"这没有什么问题,

现在就去找金鱼,

低头看看你的鞋,

是否游到鞋里去。"

舒奈仔细检查了自己的鞋,先看了左边那只,然后看了右边那只,但是他摇了摇头。

鸸鹋一点儿也不糊涂：

"看看你的耳朵后，

也许鱼在那里游。"

所有人相互检查了耳朵，他们摇摇头。

鸸鹋思索了一下：

"一条鱼，在鱼缸，

就该放在桌子上。"

所有人冲到桌子前面。但是上面并没有鱼缸。然后鸸鹋好奇地察看着

他们：

"在壁柜上？

在椅子下？

在床底下？
藏在墙角？
树干后面？
篱笆旁边？
手帕下面？"

所有人都兴奋地跑来跑去，到处查找，都没有。他们有些灰心了。但是鹧鸪并没有停止：

"洗手池？咖啡罐？
也许就在书架边？"

所有人都跑到书架边。事实上：装着金鱼的鱼缸就在面粉、盘子和鞋中间。

"两三小时不算多，
找到金鱼大家乐。"

小乌鸦也用诗表达着。

用了两三个小时确实很夸张，不过没有人说什么，因为这个旋律很美。

舒奈把鱼缸从架子上取下来走向鹧鸪：

"鸥鹄鸥鹄谢谢你,
这是一份好礼物。
我很感激和高兴,
大家一起真快乐。"
鸥鹄说:
"我很乐意这么做,请你不要想太多。
再说句生日快乐,祝福来自我外婆。"
"你的外婆在哪儿呢?"小老鼠惊奇地问。
鸥鹄摇了摇头说:
"为了诗,她的到来是有道理的,因为她的韵律还
不错呢!"

猪太太清了清嗓子向舒奈走去说:"我小的时候学过一点儿芭蕾舞,我要送你一小段的足尖舞。这是一种用脚指头跳的舞。"她解释说。

她踮着脚尖开始跳起舞来。她从这边跳到那边儿,又从那边儿跳回到这边儿。当然还转着圈儿跳。

　　她使劲儿地跳着，整个树都在颤动。舒奈和他的客人都忙着把从柜子和架子上掉下来的东西放到安全的地方。

　　"这个足尖舞还要跳多久？"小乌鸦问舒奈，当他接住一个个从柜子上掉下来的花瓶时。

在躲开一个向他滚动过来的桶时，他纠正说："足尖舞真是太好看了，这会让猪太太累一点儿。"

"嗯！"舒奈在最后时刻抓住马上要从墙上掉下来的画儿时答道。

猪太太跳完了，向大家鞠躬。

"谢谢！猪太太，这真是个特别的生日舞蹈。"

"我还很乐意再展示第二种舞蹈，比如说探戈。"猪太太建议，尽管她已经上气不接下气了。

"啊，不，谢谢。我只有一个生日，所以我也只能从每个人那儿接受一份礼物。非常感谢！"舒奈很快答道。并试着悄悄地把他的花瓶再次放回到柜子里。

舒奈笑容满面地说："这么多美丽的礼物！生日过得太棒了。"

"是啊！"大家赞同着，他们都觉得舒奈的生日过得很好。

"我的生日到底应该过多久呢？"舒奈向小乌鸦询问。

　　"直到庆祝结束，大家都回家为止。"小老鼠抢在小乌鸦回答之前说，小乌鸦赞同地点了点头。

　　此时天已经黑了，可是没有人想回家。

　　小乌鸦打开了发光的香蕉灯并挂上了灯笼。他们继续庆祝，大声唱着

歌，讲着有趣的故事直到深夜。

一些客人只会跳一点儿舞。他们从这儿跳到那儿，又从那儿跳回来，并转着圈儿跳。

时间越来越晚，故事讲得越来越有意思，唱歌的声音也越来越大。

由于没有人想要回家，所有的人就和舒奈、小乌鸦一起过夜。他们一起住在会行走的树里面。

谁知道，这棵树明天会走到哪里去？

在舒奈和小乌鸦最后要上床的时候，舒奈对小乌鸦说："我要感谢你让我度过了一次美妙的生日。准确地说我一次过了两个生日。"

舒奈快乐极了。

小乌鸦也非常高兴，因为舒奈快乐。

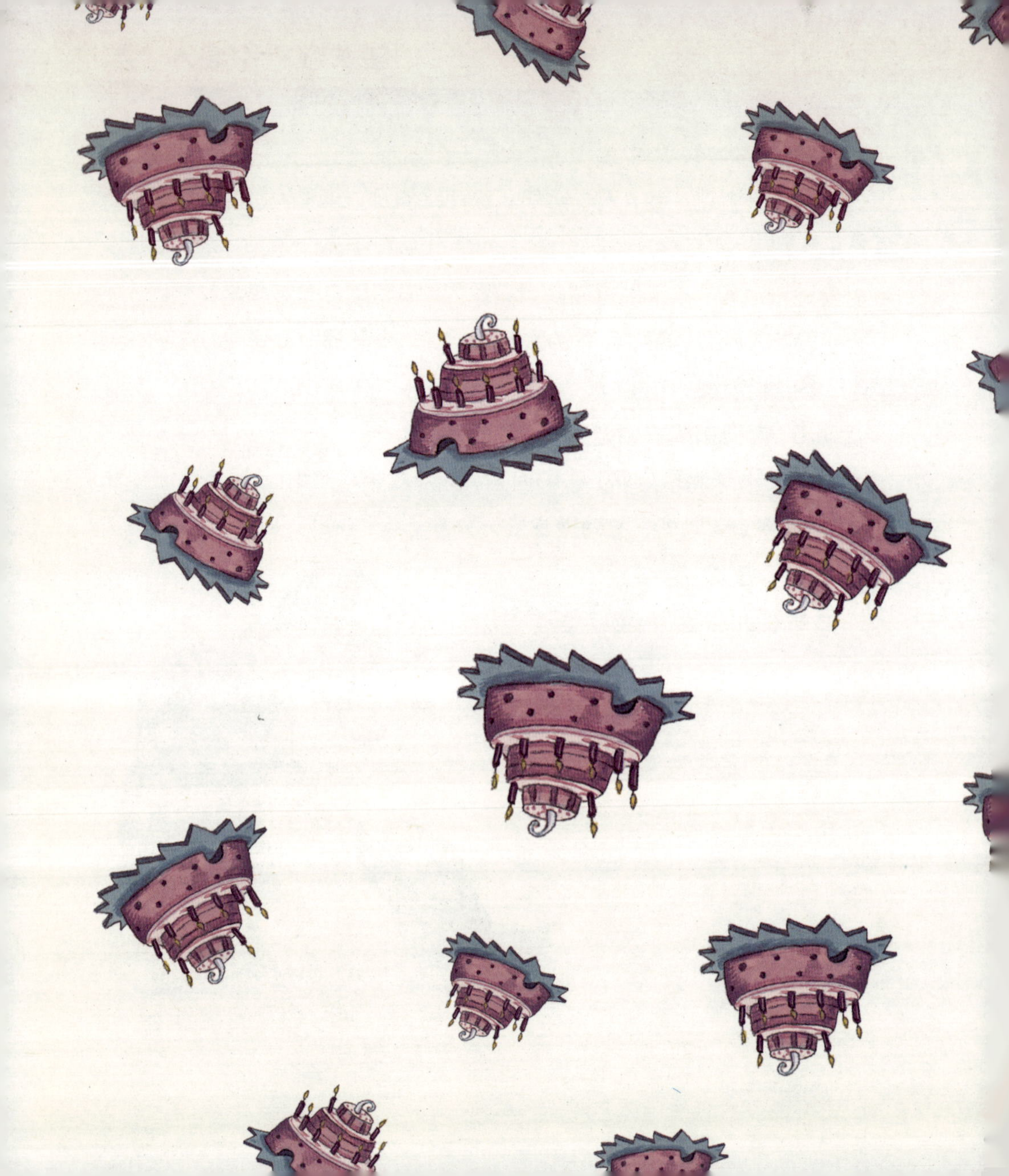